Schwinghammer · Covids Metamorphosen

Mae Schwinghammer

Covids Metamorphosen

/ KLEVER / Lyrik /

Gefördert von der Stadt Wien Kultur

ISBN 978-3-903110-82-3

Coverbild: Josefin Sternbauer
Umschlaggrafik: k-lab Media Design GmbH, Eduard Mang
Herstellung: Finidr, s.r.o.

BUCH.eins

I.

Unterm fenster reißt die straße mir auf. Aufgetrennt wie an einem fortlaufenden faden wandelt sich der gehsteig zum graben. Ich ziehe mich ins innerste zurück. Von einem rohen gemenge aus regentrunknen wolken bedeckt, greift der himmel nach mir. An mir hängend das träge gewicht.

Begrab mich mit offenen augen, flüstere ich dir ins ohr, aber du schläfst schon.
Niedergedrückt und überströmt von schweren gedanken. Im traum dann
der versuch, ein straßennetz auszumalen, gewundene ufer zu benennen,
um sie später bei wiedererwachen ansteuern zu können.

Die decke wie mächtiger schnee zwischen uns aufgesteppt. Eine mäßigung der kälte, die der nachtwind hereinträgt. Aurora ist das licht der kirchuhr am platz, reich an glanz die fenster durchflimmernd. Einzig im luftraum regt sich leben: vögel und letzte flugmaschinen. Die erinnerung an honig tropft auf die zunge.

1 - 88: die weltentstehung.

II.

Von der welt ins eigene gelöst, wie ein fisch aufgefächert. Ein ausgekocht formloses sein, der sud wüst und die ebenen teller vermögen nicht zu fassen. Ein neues gebilde heftet sich in den blick, zu erkennen nur für jene, die zwischen den gräten lesen. Der lenz ist nicht länger ewig, es reicht zu wissen, es könnte der letzte sein.

Die erde gibt nicht länger selbst, sie verlangt, ihr die frucht zu entreißen, zumindest legen wir ihr diese wörter in den schlund. Die abschüssigen gräben senken sich, graben sich tief und tiefer ein. Zufrieden dennoch mit denen waren, die voller zwang entnommen wie pralle brombeeren im mund blutrot bis blau zerplatzen.

Geschmälert folgte die zeit uns dieses jahr hindurch, ungleichmäßig und flüchtig jede glut, jeder eisbrand. Wohnungen wurden höhlen, vor den mündern gesträuch und überkreuzte zweige. Ein seufzen ging durch jede etage, die küchenfenster zum gang hin erzählten vom sinn in den gesichtern. Dem vormaligen frühling entfloh die scham.

89 - 130: lycaon.

III.

Erlesenes papier brachte hinterlist, die verruchte begier des besitzes. Wie segel entfaltete sich das kostbare gut am heimlichsten platz. Auf den fluren versteckt und in erwartung von schatten, jedes wühlen ans licht ein anreiz. Stiegen herauf kehrten die jüngsten heim, entsetzte brut, dem leben zugewandt.

Das ist der ort, den ich mich getrau zu nennen. Mir entströmt gemüt im gerede,
ein verderb dem menschengeschlecht. Eine flut ins hain, ihr halbgötter.
Euch die bescheidene erde, die euch beschiedene. Ein murren. Starr dringt mir
das säumnis zu ohren, ungastlich bricht die dämmerung herein.

Halb lebendig, eins allein. Der blitz versendet an alle länder, verhüllt mit triefenden wolkenschwingen das gewölbe. Ein gekrach da draußen, die saat des jahres ist verloren. Beruft ströme und beseitigt dämme. Ein ausweg dem verderben, unverrückt drängen wir über den first, denken dabei: wellen, schont uns.

130 - 290: flut über deukalion und pyrrha.

IV.

Begrab mich mit offenen augen, erinnerst du. Weites gefild, siehst du. All den tausend eine, all den tausend einer. Im bett wallen die bläulichen wirbel, verliert sich fallend die flut, im schlamm finden wir laub. Wie leer es sieht, verödet, schaurig quellen uns tränen in das zurückgelassene schweigen. Das meer rafft, und da steht wieder die welt.

Wäre dir zu mut, könntest du? Folge dir sterblich. Getaucht in frühere grenzen
unsres geschlechts, getaucht und besprengt. Hüllt euch und löst eure kleider,
wir wollen sie hinter uns werfen. Kurz nur währt die fügung, alles gestein, mann,
frau, ein wurf ausharrend in mühsal. Gib mir den beweis,
woher der ursprung genommen ist.

Mannigfaltig das verbliebene, der keim einer wenig und weniger festen gestalt. Manche, eben erst ersonnen, gedeihn als teil klumpiger erde, über die das reh flüchtig flieht in deine schläfen. Geziemt sich, zu treffen, beschwert, entfacht, verlangen zu weichen, säume nicht und wecke: liebe.

290 - 495: daphne.

V.

Genüge, wie der lufthauch, der nachruft: bleib, ich folg dir und falle nicht,
erkennst du. Was sein wird, was ist, du weißt und weißt nicht. Kein mann vom
gebirge bin ich oder hirt, kein mann bin ich. Im ruhigen busen schlägt die wunde
ins offene feld der erwartung. Erschöpft die wellen gewahrend.

Verwandle! Ach, gegeben und flüchtig ist diese gestalt. Grund meiner lähmung,
ein hain, der sinn umschließt. Rastlos sanft treiben mich ströme sodann wieder
hinab zum meer, ich ermüde. Wenn du alles bist, so ist mir alles fern.
Betrauert die flut, verborgene gelüste, und ich fürchte die schatten.
Sie greifen um sich, greifen aus grotten in meinen hain, in mich hinein.

Wir erschrecken vor der eigenen stimme, nehmen ton und wiegen ihn in mündern.
Wachsame augen gezwungen zu kreisen, den kranz aus fichtennadeln tragen wir
ins schilfmeer. Die schar entweicht, zersprengt vor dem in die nacht strahlenden
zeichen. Und ich stürme hinfort, greife nach den himmelsherzen, die mich treiben.

495 - 779: io & phaeton.

BUCH.zwei

I.

Das grünstichige haar trocknet mir nicht mehr. Zu sehr umschließt mich die flut, der von abgezählten stunden umwundene erdkreis. Betroffen lautet die anklage: Was treibt dich? Was suchst du? Die worte dem vater ohne bedacht entgegen-gestreckt: um mich zu leugnen, müsstest du mich erst kennen.

Jäh ist das folgende ende und der gewässer schoß empfängt mich im sturz.
Ein rasender wirbel, schwindlig und ständig die gestirne mit sich ziehend.
Ein entgegenstemmen diesem eilenden umlauf. Blick mir ins gesicht! Ich senke
das auge in den busen. Ist das die angst im vater, die ich da erkenne?

Was immer die welt. Halte dich zwischen. In der mitte fährst du. Rate dir besser als. Das ist mein wunsch. Seine stimme wie aurora sind mir fern, die wolken treiben einander entgegen. Sie zerreißen meine gedanken mit dem ostwind. Aus dieser eisigsten aller nächte entspringt ein viergespann aus brennenden sternen.

1 - 174: phaeton.

II.

Der vater erbleicht, als ich ihm entschwinde, die anvertrauten zügel entrissen, bleibt jeder zugriff verwehrt. Schon sieht er mich nicht mehr. Bei allem licht deckt doch das dunkel ihm die augen. Von niemandem gehalten, finde ich mich fortgerissen, gleich einem boot in stürmender see.

In den himmel gezeichnete bilder sind geschlagene wunden, krumme stacheln graben sich von dort in meine hände. Ich entgleite in den neuen tag, zurück zur aufgehenden sonne. Zu tief fliege ich und mit mir versengen gewölk wie wälder. Aschgraue risse ziehen sich durch die nun verdorrte ödnis, überlassen der willkür und dem funkenflug.

Des kornfelds vernichtung speist sich aus dem korn selbst. An den ufern bedeckt trockener sand die leblosen robbenleiber. Mit von qualm erstickter stimme klagt die erde. Soll sie erliegen, so will sie nicht von menschenhand erliegen. Beide pole rauchen. Wenn sie brennen, so werden auch die paläste brennen, sagt sie.

175 - 300: phaeton.

III.

Wenn das meer, wenn erde und himmel vergehen, dann sinken wir hinab. Dann bersten räder, fallen speichen und reißt die deichsel. Versprengt in alle richtungen die glieder, nicht länger von riemen gehalten. Als zertrümmerter stern falle ich, ungehalten, in die fluten. So vergeht auch dieser tag ohne letzte sonne.

Das gesicht umhüllt, durchwandere ich mit zerrissenem kleid den trostlosen morgen. Vermengt mit bernsteintränen lasse ich mich treiben, als rindenstück setze ich an wiedergrüne ufer über. Mir wird die stimme schwach, betäubt vom flehenden ton arkadiens. Ich spüre müdigkeit in mir.

Zerrüttet forsche ich das laub. Gebannt ins gehölz, erzählt es mir von liebe, die keine ist. Welch ein sieg ist das genommene? Gewandelt schlägt sich die schuld ins errötete antlitz der getroffenen. In der bachströmung entkleidet, offenbart sich das geschehne, gestraft darauf und aufgebunden ihr die bärin.

300 - 485: heliaden, cygnus & kallisto.

IV.

Ein stöhnen, eine wehklage, die in gedanken bricht. Der gott, wie alle götter, ein vergewaltiger unter vergewaltigern. Jede verwandlung ein schleier, als sternenbild in den nachthimmel gebannt, nur möglichst weit weg. Und dennoch erfahren es alle, jene, die sich scheuen, und jene, die sich winden.

Endlos schwillt der zorn, ungesühnt und ohne strafe bleibt das schuldig tun.
Um das ende der achse herum zittert das leidwesen, kehrt um und rührt
das gestirn. Mit jedem geschlecht schwinden die raubtierzüge mehr und mehr.
Scheut nicht die laute flut, zieht ins kapitol und sagt voraus:
das blendende weiß sehen wir in dunkel gewandelt.

Gebt acht, kein makel, keine heimliche schuld soll euer begehren verdrängen. Nicht das verborgene schauen, nicht dem regsamen laub lauschen, es und nichts davon kundtun. Die gefahr schafft sich mit der stimme. Wie ein sich reckender drache verdrängt der vogel diese nacht, aber nicht den zorn.

485 - 570: kallisto & coronis.

V.

Kein herrscher keines meeres soll mehr erglühen, kein sinn länger der gewalt gelten. Mit langsamen schritten wollen wir diesen festen strand verlassen, das gewand von der schulter werfen und mit nackter brust schweben. Der sand hemmt uns nicht wie ehemals, in die lüfte aufgeschwungen sind wir schuldlose gefährt*innen.

Die schmeichelnde rede ist verschwendet, ebenso der ruf. Verwünscht
sind das geschwätz, die gebieter und ihr begangener weg. Die brust kochend vor
wallendem zorn, ist ständige wehr und krümmt alle hörner, die sich ihr
bemächtigen wollen. So sanftmütig das gesicht, kennen wir ihre wahre gestalt,
die herrschergewalt.

Das leben verrinnt mir. Tränen ziemen sich nicht auf gotteswangen und wir erkennen das gift, das ursache ist. Aus innerstem herzen presse ich hoffnung hervor, nicht mehr worte. Das lose baumelnde gewand ist nur noch ein hauch im wind.

570 - 875: nyktimene & europa.

BUCH.drei

I.

Mit abgelegter stiergestalt hehlt jupiter, der täter, die tat. Verbannt ist die geraubte, entführte, in tiergestalt überlebende. Im einsamen feld macht sich das geschwister auf die suche, meint sie zu finden und erbaut an dieser stelle eine stadt.
Ist das die antwort auf die frage: In welchem land soll man wohnen?

Niedergetaucht das haupt, gewahr der gewalt, die rüttelt, sich in den hals zurückbiegt. Der hals, der sich verwehrt. Die gurgel, die den weg zum nacken sperrt. Gesenkt in gelockertes erdreich die schildtragenden männer. Empfangener atem fasst kurzlebig die genossen, die sich in den gesättigten morgen strecken.

Taghell schimmert das heraufgeführte licht, durchschnitten von safranfarbenen rädern. Hier ist ein quell, hier ist leben, könnte man antworten. Aber es ist das land, in dem die männer ohne wunde bleiben. Und selbst die klärenden wolkenbrüche sind von vergifteter luft. In unermesslichem bogen gereckt werden die schatten kürzer.

1 - 185: kadmos & actaeon.

II.

Erinnere, erinnere an weit früher als zuvor. Beim durchstreifen des waldes
wird dem mann sein blick zum verhängnis. Unbedarft richtet er ihn und erblickt
dabei nicht weniger als die göttin selbst. Umringt von ihren gefährt*innen, ist sie
doch entblößt. Da kein pfeil zur hand ist, ist es das wasser in ihren händen,
das zur wehr genügen muss.

Das benetzte gesicht, ein vorbote künftigen unheils: jetzt magst du reden, jetzt magst
du erzählen, aber die worte sollen dir im halse lang werden und der hals dazu.
Weh mir, willst du rufen. Aber die stimme folgt dir nicht mehr. Und dein gefolge
folgt dir nicht mehr, dein gefolge verfolgt dich nun, sprach die göttin zu ihm.

Begierig stürzen sie ihm nach, der verfolger wird zum verfolgten. Grimmig, stark
und hurtig, wildschweinerprobt die eigenen hunde ihm nach. Ungehört sein ruf:
erkennt mich, erkennt mich. Doch die zähne, geschlagen in seinen leib,
finden schon bald keinen raum für neue wunden mehr.
Das leben endet, doch der zorn bleibt ungestillt.

186 - 253: actaeon

III.

Manchen scheint es ungebührlich, gar grausam, andere preisen sie dafür. Schwester, gattin und königin, all dies zugleich und doch wieder verraten vom gatten. Sie stürzt aber nicht den gatten in den styx, die nebenbuhlerin, semele, ist es, die büßt. Sie verbrennt, verglüht am göttergatten, wie viele zuvor. Kann man es glauben?

Betrunken und nur wenig später scherzt der göttervater mit der gattin. Größer
sei das vergnügen der frauen als jenes der männer in der liebe, so meint er.
Die göttin verneint, worauf die weisheit, in person von tiresias, angerufen wird.
Denn dieser kennt die liebe in vielen gestalten, hat tiresias doch als mann und frau
gelebt.

Nur die schlangen, die tiresias angeblich schlug, die gab es nie. Wenig wunderlich stimmt tiresias dem göttervater zu, woraufhin die göttin die gabe des sehens nimmt. Dies ist auch von jupiter nicht ungeschehen zu machen, er gibt tiresias im gegenzug aber die gabe der zukunft. Eine beförderung, denn
wer die zukunft kennt, muss nicht länger sehen.

254 - 322: semele, tiresias.

IV.

Es sind nicht bloß die meere, auch flüsse, gar bäche, sind hort der täter. Kephisos, der vergewaltiger, liriope, die überlebende, narziss, das kind, erfolgt daraus. Er begehrt nicht, wird begehrt und kennt die worte nicht, in denen er widerhall finden würde. Selbst den widerhall erkennt er nicht als echo, die ihn liebt.

Diese spricht nicht und kann doch nicht schweigen, sie ist der widerhall der letzten worte. Dies eine weitere strafe, die juno nicht ihrem gatten, sondern einer der ihren aufbürdete. Sie will ihn, doch er sieht nur sich. Mit starrem blick, unverwandt wie marmor, ein doppelgestirn aus gesicht und einer röte, die sehnsucht meinen will.

Narziss vergeht durch die eigenen augen, nichts liegt zwischen ihm und dem, was er sieht. Und dennoch gelingt es ihm nicht zu fassen. Unter tränen entschwindet sein antlitz ihm. Wer sind wir, wenn uns kein mensch sieht? Umnachtet der blick, der leib mir entschwunden, schlage ich die augen auf. Ich muss wieder geträumt haben.

323 - 510: narziss, echo.

V.

Es ist immer noch nacht, zerstreut die wenigen farben im raum. Was für ein wahn, sage ich mir, es wirkte echt. Scharen mit speeren, schwärme und weiten. Ich dachte kurz, die meeresflut zu verstehen. Landflüchtig fand ich ein los darin, purpur, gesalbtes haar und kränze. Ein mut, all das zu tragen, ich möchte nicht länger nur träumen.

Deswegen eine wehr der hemmung, mir entrutscht das wort bacchantisch, und
ohne es zu kennen, gelange ich zu einer vorstellung. Regengestirn und gestrichener
wind, der allumfassende schlummer ist gelöst. Die brust in den rausch gekehrt,
schwindet die furcht, entströme ich und langsam rötet sich der morgen.

Wein und schlaf, ein taumel, der mich achten lässt, sterblich zu sein. Ich stehe, kaum meiner bewusst, geweckt von den worten: banne die furcht. Ich kann mich erinnern an das gefühl, für eine nacht, nicht vermessen zu sein. Der folgende tag ist beinahe vorüber, ich, hängen geblieben im tauwerk, lasse ihn ziehen.

511 - 733: pentheus.

BUCH.vier

I.

Orgien brauche ich nicht, zu solchem sinn komme ich, von trauben gelabt.
Die jugend welkt mir und trunken schlottern die glieder aus dem gestern, wo
gnädig mild die trommeln noch schlagen. Die rede wechselt, uneins, was sie
erzählen will. So läuft das gespräch an mir vorbei durch meine hände.

Begonnenes tagwerk löst mir schon bald die bänder aus den haaren.
Ein schmaler riss erscheint, wie ein schnitt durch die gespaltene wand zweier häuser.
Ich trete heran, küsse den fleck, an dem ich die geliebte zu erinnern glaube.
Ich ahne und weiß aber von den nachtzeiten, sie richten zugrund,
was unter licht mühsam aufgerichtet.

Mit weichwütendem biss verkeile ich mich in all die tage, die nun folgen.
Dein trautes gewand liegt weiter auf meinem bett, aber du in einem andern.
Eifrig suche ich diesem ort zu entgehen, finde ihn aber tag für tag wieder auf.
Mir fallen zwei namen ein: pyramus und thisbe, zwei dem unglück verschriebene.
Im gespannten wollfaden erscheinen zwei weitere, ich schreibe sie auf:
romeo & julian.

1 - 167: minyas töchter, pyramus & thisbe.

II.

Immer fragen wir, welch anteil dies geschehen machte, nie, ob dies geschehen nicht schon unheil sei. Ich höre einen namen, hebe meine schweren augen, öffne sie, schließe sie wieder, als ich meinen alten namen vernehme. Wie lebe ich, wenn ich täglich zweifach zu sterben habe?

Hiermit schließt die frucht sich, schwarz ruhend wahrt sie ihre zunge davor, den
laut zu sprechen, der sie verraten würde. Im lauf einer sonne ergreift mich die
liebe wie ihr bruch. Ich brenne von einer anderen glut, merke ich, bloß bilder
sperren mir den weg. Sie flimmern mir ein antlitz vor augen,
das ich nicht als meines erkenne.

Vom leisesten druck erdrückt, hänge ich über der decke. Ich erinnere mich
an phaetons flammenden sturz, es war auch meiner. Schmerzlicher war kein
anblick mir seit vaters augen, als er verloren einen weiteren sohn.
Die ersten beiden vom schicksal genommen, ich der dritte.

168 - 250: leucothoë & clytie.

III.

Ich schiebe es auf den rausch, feuchte mir mit nektar den tag, in der hoffnung auf hoffnung. Zuerst der schmerz um die liebe, dann der um das sein, oder nicht mehr das sein, was andere in mir sehen. Das außen wieder ins innen gewechselt, vorm fenster nur bleiches grün, verstellt vom netz die sicht auf häusliche berge.

Neun tage hindurch wende ich mich nach der sonne, sie dringt nicht bis zu mir, ich müsste mich schon ins draußen wagen. Wie gerne wäre ich jetzt in eine blume verwandelt, dem winter wäre ich ausgeliefert, aber fest. Es gäbe einen frühling, auf den ich mich freuen könnte, und immer verwandelt, wäre das ich bewahrt.

So weiß ich nicht, auf welche jahreszeit in welchem jahr ich meine freude sparen soll. Dieses jahr hat spieße und köcher voll. Eine flut schmerz umsäumt den weiher, ich schweife umher und erkenne den blick im spiegel der wellen.
Klar bis zum untersten grund sehe ich sumpf, immergrünes gras oder sumpf.

251 - 315: salmacis & hermaphroditus.

IV.

Ich höre das wort, kenne es, gehorche ihm aber nicht. Es ist ein altes, und die frage ist mir unbekannt. Kaum erblickt nahen sie einander, tanzen wieder auseinander. Treten dann knöchelhoch ins wasser, sinken und zerfließen als es zum brüderlichen schwesternkuss kommt. Mir wurde gesagt, es war ein geraubter, ich will es nicht glauben.

Zu viele geschichten sind mit hellstem kristallglas bedeckt, durchsichtig und doch verspiegelt. Wir sagen: hinweg! Und meiden die orte und uns selbst. Die leiber fügen sich göttern, deren namen sie nie gehört haben. Wie efeuranken ranken und schlingen sich ihre schlingen um das eigenste, unsere körper.

Ich entkomme nicht. Als mann in die flut gestiegen, vermengt mit dem anderen und daraus entstiegen. Ich scheine keines sowie beides zu sein. Ein doppeltes einzelgeschöpf, das um seinen doppelcharakter nicht weiß oder, nur zu gut.
In sich tragend den geschlechtsverwirrenden zauber einer verlorenen quelle einer verworrenen zeit.

316 - 388: salmacis & hermaphroditus.

V.

Damit schließt das gespräch. Die klänge sind mir nach all den tagen des rausches nur noch dumpfes getön. Das haus bebt vor sich hin, trugbilder wilder tiere ziehen durch die stiegenhäuser. Das licht meidend suche ich schlupfwinkel, ziehe die beine an und sehe, wie sich die haut als zeichen zwischen meine glieder spannt.

Es regnet golden und ich glaube dem gold nicht, es färbt ab und glänzte nie.
All die namen ziehen vorüber und ich fasse die summe aller gewalt nicht.
Wir wissen um die schlangenhaare der medusa, wissen aber nicht, wie sie ihre
haare trug, als neptun sie vergewaltigte. Wissen nicht, welche frisur sie trug,
als minerva sie mit dem schlangenfluch schlug.

Verloren die alte gestalt, verhaucht und gerührt in die styx. Es ist ein zwischen, ich erinnere mich an lethe und vergesse dabei mnemosyne. Unstet schweift mein wahn, verblendet mein sinn, dem schierling beigemengt. Mir fällt ein name zu, nicht mehr zweifelnd und so geworden.

389 - 803: athamas & ino, cadmus & harmonia, perseus & medusa.

BUCH.fünf

I.

Andromeda. Im gedanken eines mannes. Ungefragt zugesprochen phineus, dem onkel. Ungefragt gekettet an den felsen, dem meeresungeheuer zum opfer durch väterliche hand. Ungefragt gerettet und geehelicht von perseus. Bei der hochzeit kommen sie alle zusammen. Der onkel als rächer seines rechts, perseus als bräutigam und kepheus, der vater.

Alles wandelt sich in getümmel. Ein drängender haufen, zu vergleichen dem meer.
Kepheus flüchtet schon, als phineus wirft den ersten speer. Der verfehlt den perseus.
Dieser wirft den speer zurück, verfehlt wiederum phineus, aber trifft rhoitos.
Es fallen sodann: athis, lykabas, zwei sich liebende, phorbas und amphimedon, auf
blut entglitten dem leben. Eurytos, polydegmon, abaris, lyketos,
helix, phlegyas und klytos.

Idas, hodites, prothoenor, hypsos, emathion, broteas und ammon. Ampikos, lampetides, mit plektron in händen, spielt sein lied in der unterwelt zu end, sein mörder: pedasos. Pelates, melaneus, dorylas, halkyoneus, klytios, klanis, keladon, astreus, aithion, thoaktes, agyrtes, molpeus und echemmon. Versteinert theskelos, ampyx, nileus, eryx, akonteus, astyages und zweimal hundert mann mehr. Zuletzt phineus. Im gedanken an andromeda.

1 - 235: perseus & phineus.

II.

Mir schaudert vor all der gewalt. Vom leiden erweicht im gemüt, liegt verschmälert die eigene mär. Ein zaghafter wunsch, diese geschichte anders zu lesen, aber das haupt der medusa, zum letzten mal hervorgeholt, ist der beweis. Der weibliche blick vom männlichen gefangen, freigegeben, und es entspringt daraus pegasus.

Pallas sucht pegasus, besucht die musen, und diese klagen ihr von ständiger furcht.
Wenn wir nur sicher wären, ein angenehmes dasein wäre es. Vom schrecken nie
nicht ganz erholt. Das vom wüterich pyreneus angebotene dach zum schutze vor
dem regen. Die türen nach eintritt verschlossen, wollte er ihnen gewalt antun.

Da spannten sie ihre flügel, flogen davon. Er ihnen nach. Im glauben, fliegen zu können, stürzte pyreneus von höchster zinne. Lag mit zerschmettertem schädel zuckend auf der erd, diese von seinem blut gefärbt. Mir schaudert vor all der gewalt. Allein zürne ich nicht um ihn und alle täter, sie sollen stürzen, tiefer noch als pyreneus stürzte.

236 - 293: pyreneus.

III.

Vielstimmig erklingen die grüße. Nur glauben will ich sie nicht. Ich blicke empor und erblicke die singenden. Es sind vögel, und töricht komme ich mir vor, als ich versuche einzustimmen, ich treffe keinen ton und glaube ihnen doch verbunden zu sein. Es sind raben, sie singen noch nicht einmal.

Alles ist herausforderung, alles ein wettkampf. Wir besingen kriege, warum,
frage ich mich. In angst versetzt und auf alle mündungen verteilt, verborgen
und versteckt in sternbildern, die noch kaum eine*r zu benennen weiß.
Es gewinnen die einen, es werden die anderen zu elstern, vielleicht auch raben.
Eine strafe aber muss es geben.

Bin ich anmaßung. Diese frage aufgeworfen durch die pieriden. Ist es hochmut, ein lied von allem singen zu wollen, von der erdlast der giganten, dem vorgebirge aller ängste, von dem los, das sich liebe nennt. Ein drittel der welt steht auf dem spiel und der pfeil setzt als wort an, schießt über alle ziele hinaus ins all.

294 - 385: pieriden.

IV.

Der pfeil trägt widerhaken, wie der hain veilchen und weiße lilien trägt. Bekränzt mit dem gezweig und buntesten blumen begrenzt er die gestade eines ewigen frühlings. Die gesänge der schwäne dringen nur schwach ins ohr, sonst nur sanfte wellen. Geschützt sein soll proserpina hier, aber wenn nicht vor pluto, vor was und wem schützt der wald sie?

So rasch ergriff ihn die liebe. So ist die liebe beeilt. So übereilt die liebe den gott. Gewalt, übersetzt als liebe, wohin ich blicke, woraus ich auch lese. Schon im nächsten vers wird von raub, dieb und entführer gesprochen, aber ich fasse dennoch nicht den ursprung. Das ist keine liebe, das ist keine.

Gestellt wird der täter in einer meeresbucht von der nymphe cyane, sie spricht davon, zu erbitten statt zu rauben. Da wallt plutos zorn, mit einem zepterschlag auf den grund der quelle öffnet er den tartaros, flüchtet hinab in die abgründe. Ich gebe nur wieder: untröstbar blutet ihr herz im stillen. Cyane findet sich doppelt geschlagen, sie wird träne, sie wird tränen, bis sie gewässer und mit ihrer quelle eins.

386 - 437: proserpina, cyane.

V.

Proserpinas mutter rastet nicht, weder abendstern noch aurora achtet ceres auf der suche nach ihrer tochter. Der erdkreis wurde zu klein, das besuchen bereits besuchter orte unausweichlich. So auch die quelle von cyane. Alles hätte sie der mutter erzählen können, nur konnte sie es nicht. Aber ein zeichen konnte sie geben, und manches mal braucht es mehr nicht.

Auch sie straft, auch sie zürnt, wer will es ihr verdenken. Sie beraubt felder und länder ihrer fruchtbarkeit. Erst ein fluss, der aus tiefsten tiefen entspringt, kann sie besänftigen. Sie, arethusa, der fluss, konnte der mutter nun vom verbleib ihrer tochter erzählen. Diese galt nun als königin des dunklen reichs, traurig und selbst noch furcht tragend.

Zunächst versteinert, schwindet die betäubung bald und ceres schwingt sich in höchste höhen, um proserpinas vater mit dem erfahrenen zu konfrontieren.
Zu jupiter sagt ceres: sofern ich es finden, nennen kann, was mit sicherheit verlieren bedeutet, habe ich meine und deine tochter gefunden.
Beim räuber, bei deinem bruder, pluto.

438 - 523: ceres, arethusa.

VI.

Mit vielen antworten jupiters hatte ich gerechnet, nur mit dieser nicht, allein, denken hätte ich sie mir können. Entschließt man sich, die dinge beim rechten namen zu nennen, so sei dies ereignis nicht schimpflich, sondern eine liebesgeschichte, meinte er. Außerdem sei es sein bruder, das mache ihn zu einem schwiegersohn, dessen sich nicht zu schämen ist.

Doch zurückkehren solle sie dürfen in den himmel, unter der bedingung,
unten nie gegessen zu haben. Sieben zerdrückte granatapfelkerne verhinderten
ihre rückkehr, doch, gnädig wie jupiter war, teilte er das jahr in zwei hälften.
Den sommer, den proserpina mit ihrer mutter verbringt, heiter.
Den winter über, bei pluto, ist sie traurig und betrübt.

Wenn ich das lese, möchte ich nicht mehr von wintern hören, keinen einzelnen mehr erleben müssen. Gedacht als frohes ende einer betrüblichen geschichte, betrübt mich das wissen um die herkunft der jahreszeiten umso mehr.
Mit diesem gesang möchte kalliope, die muse, die pieriden
im sangeswettstreit bezwingen?

524 - 571: ceres, jupiter.

VII.

Ehe die frage beantwortet wird, gelangen wir zurück zu arethusa, die ceres bei der tochtersuche half, dieser noch die geschichte ihres werdens schuldig war. Diese schuld wird nun beglichen, es ist nicht ihre. Vom jagen erhitzt, wollte sie nackt baden, glaubte sich allein und merkte den flussgott alpheios nicht, der nach ihr griff.

Ohne kleider lief sie nach orchomenos und psophis, zum kyllenegebirge, zum mainalos, zum erymanthos und bis nach elis, denn der flussgott war langsamer. Doch die energie ging ihr aus, als sie über felder, berge, felsen und klippen um ihr leben rannte, den atem ihres verfolgers im haarband spürend. Verzweifelt ruft sie die göttin diana an, die ihr eine dichte wolke schickt, umschließend.

Sie fühlt sich wie ein lamm den wölfen, wie ein verborgener hase den hunden ausgeliefert, zu keiner regung fähig, da der flussgott nicht weichen will. Da bricht ihr kalter schweiß aus allen gliedern, sie zerrinnt zu bach und tau. So entstehen flüsse, durch zeit und menschentaten. Sie bahnen sich ihren weg an die oberfläche, ihre geschichten werden erzählt werden. Soweit arethusa.

Von welchem belang ist da noch der ausgang eines gesangesstreits? Darum kurz: die musen gewannen, die pieriden verloren. Zur strafe wurden sie elstern, dem wort beraubt und doch zu stetem, heiseren geplauder verflucht. Nach geplauder ist mir gerade nicht, mit trauer schließe ich dieses fünfte buch.

572 - 678: arethusa, pieriden.

BUCH.sechs

I.

Achtsam all der erzählungen gelauscht, ich fühle mich von gesang und zorn gleichermaßen gelabt. Von vergangenem möchte ich nicht länger lesen, ich will erleben, und am ende erzähle ich doch. Die geschichte von arachne will nicht vergessen, will erzählt sein, denn sie macht gewalt sichtbar. Ihr werk, ihr tun, ein spiegel.

Fäden, geteilt ins zweifache aus geraden und ungeraden, verbunden über die kette an den baum. Von dort einschießend der einschlag, spitz über den kamm folgend von flinken fingern abgewickelt, als sei es lebendiges werk. In diesem misst arachne sich mit pallas, eilig und geschickt beide mit eifer.

Die farben kräftig, purpur, aber auch sanft, nuanciert wie die unmerklichen übergänge eines regenbogens. Pallas zeichnet ein bild von erhabenen göttern, die thronen. Könige, mit speeren und langen dreizacken. In den ecken finden sich die schicksale der verwandelten, jener, die sich anmaßten, den göttern anmaßung zu sein.

1 - 100: arachne.

II.

Eingerahmt all dies von ölzweigen, die von frieden künden sollen.
Diesen friedensfaden trennt arachne auf, erzählt von jupiter als stier und europa. Aber ihr blick gilt europas blick und dieser sucht gefährt*innen, scheut und fürchtet die flut, die sich vor ihren füßen breit macht.

Sie stellt alle überlebenden, alle nicht-überlebenden, alle verwandelten dar. Asterie vom adler fest gehalten, leda unterm schwan begraben, antiope getäuscht als fabelwesen, alkmene in gestalt ihres geliebten, danae als goldregen, aigina als feuerbrand, mnemosyne als hirt und proserpina als schillernde schlangen.
Alles täterformen, alles jupiter.

Neptun, der täuscher, als jungstier, als flussgott, als widder, als hengst und als delphin. Apollo als bauer, als habicht, als löwe und falscher hirt. Bacchus als taube. Saturn als pferd. Bei all der gewalt blieb nicht viel platz für zierde, ein schmaler saum von efeuranken. Pallas zerfetzt das geflecht, zerreißt die himmlische geschicht, schlägt arachne mit dem webschiffchen ins gesicht.

Arachne, gekränkt vor unglück, will sich erhängen. Das urteil der pallas gilt für ihr ganzes geschlecht, sagt die richterin, welches sie meint, sagt sie nicht. Arachne schrumpft, alles fällt ihr ab, der kopf klein, nur ein bauch mit dünnen fingern bleibt, fäden einer geschichte weben sich aus ihnen, einer geschichte, der raum einzuräumen ist.

101 - 145: arachne.

III.

Auch niobe, aber nein, ich kann nicht mehr. Ein drang nach rauch, im kleid stehe ich stolz wendend den blick und fabuliere. Welch ein wahn, götter, göttinnen, sie alle geehrt für qualen, schrecken, strafen, oder doch nur gefürchtet. Wohin immer den blick ich richte, suche ich fortuna, glaube sie in einem haus zu finden, das ich mir erträume.

Gleichviel berechtigt bin ich zu weniger, fremd irre ich auf einem festland. Vermessen darauf das glück in zahlen, die mir nicht geläufig. Soll nicht göttin, soll nicht gott sein, bin aber auch kein mensch, zumindest fassen die mir ausgestellten dokumente mein sein nicht. Den zugehörigen pfeil wähne ich im nacken, ihn herauszuziehen vermag ich nicht.

Was bin ich? Ich sinke vom bug allmählich zur seite, in sterbender hand einige worte, lose gefasst. Ich höre wetter, ich höre gewölk, mir brechen die augen und ich hauche in erkaltete glieder. Widerhaken von leben in mich gekrallt. Ein teil oder mehrere von mir liegen noch herum, ich nehme mir vor, sie einzusammeln.

146 - 280: niobe.

IV.

Ich trauere, und ich meine, sie bricht aus mir. Weide mich am herzen, soviel leben noch darin, erbebend vor entsetzen darüber, was geschieht, damals wie heute. Und als ich da meine teile vom boden klaube, fällt mir früheres ein, so viel früher. Mir ist, als käme ich von all dem, was im hier und jetzt passiert, unweigerlich auf altes zurück.

Ich mir selbst merkwürdig genug. Verwachsene sprache, inmitten eines sees aus ausdrücken, der ausdruck verweigert mir. Verstanden zu sein ist wie wasser unabdinglich. Dem mund fehlte nichts, gaumen und schlund, alles da, und doch brachen keine verständlichen wörter heraus. Dringliche töne, ja, aber was das angeht, schaffen frösche das auch.

Ich wühle den grund auf, weicher morast aus erinnerungen. Offen und bloß liegen darin die wunden. Ein doppelgestade, in dem ich meerumschlossen liege. Einen krieg erwartend, oh – wer hätte das gedacht – ich eile und zerstreue mich in tage, erwerbe stunden, die der pflicht entrissen.

281 - 425: lykische bäuer*innen, marsyas, pelops & tereus.

V.

So wenig wissen wir menschen, was glück bedeutet! Glück wäre es, tereus nie zu treffen. Glücklich wäre es für prokne und philomela gewesen. Eigene schwäche, auch die seines ›volkes‹, angeborene lüsternheit, begierde, zügellose verliebtheit und verborgene glut. Tereus entbrennt, und der welt wäre geholfen, hätte er sich selbst entzündet.

Alles lügen, möchte ich diesen mythos, diese gewalt, hinfortsprechen und sehe dann aus dem fenster. Ich kann nicht länger wiedergeben, nur allen raten, die dies lesen, auch all dies von prokne und philomela zu lesen. Philomela sprach, wenn auch ohne zunge, von den taten und in der tat, tereus büßte, mit allem was er hatte, denn prokne und philomela hatte er nicht mehr, sie gehörten sich selbst, sie entflogen in die nacht, als schwalbe und nachtigall.

»Zu jeder gräueltat, schwester, bin ich bereit. Entweder stecke ich den königlichen palast mit fackeln in brand und stürze den verschlagenen tereus mitten in die flammen, oder ich beraube ihn der zunge oder der augen oder der glieder, die dich entehrten, mit dem schwert, oder mache durch tausend wunden seinem ruchlosen leben ein ende. Etwas ungeheuerliches schwebt mir vor, ich schwanke nur noch, was es sein wird.«

426 - 674: prokne & philomela.

VI.

Boreas, der eisige wind. ein täter.

»~~Warum legte ich auch meine eigenen waffen ab, wildheit, ungestüm, jähzorn und bedrohliches wesen, und ließ mich auf bitten ein, die mir übel anstehen? Für mich taugt nur gewalt. Mit gewalt verscheuche ich düstere wolken, mit gewalt wühle ich die meere auf, stürze knorrige eichen, mache schnee zu eis und peitsche die länder mit hagel. Gerade so bin ich: falls ich meine brüder im freien himmelsraum treffe – das ist ja mein tummelplatz –, dann stürze ich mich mit solcher wucht in den kampf, dass zwischen uns der äther kracht, wenn wir zusammenprallen, und bei den schlägen aus berstenden wolken feuer herausspringt. Gerade so bin ich: wenn ich hinunterfahre in die weiten schlünde der erde und wild meinen rücken gegen das dach der tiefsten höhlen stemme, dann versetze ich die geister der toten und die ganze welt durch beben in schrecken. Mit gleicher macht hätte ich auch die kammer des mädchens stürmen sollen, hätte den schwiegervater nicht bitten, sondern erechtheus dazu machen müssen!~~«

675 - 721: orithyia.

BUCH.sieben

I.

Schon meerflut, schon immerwährende nacht. Nicht zu besiegen, wie die götter. Irgendein gott ist immer im weg, welch verderben. Neue gewalt und neue sehnsucht nach einem ende der gewalt. Früh ist es, als ich versuche, mir die überfahrt zu vergegenwärtigen.

Ein abschied, der zu spät kommt, betört von angst und sorge in der brust.
Das herz folgt den tränen und ich erinnere mich an die mandeln in den augen,
deine. Du erzählst mir von seinem letzten tag, unter der sonne liegend,
wo er am liebsten lag, b.

Spät ist es und das folgende wochenende scheint verloren, ehe es eingeläutet. Nichts zu beschönigen, nicht die familie, nicht das haus, es scheint mir keine flucht mehr möglich, nicht außen, nicht innen. Unsere gesichter entfärbt, hängen wir in gefühlen, die vor uns verschlossen, wie die wirbeln einer säule, die unstet schwankt und neue sorgen bringt.

1 - 110: medea.

II.

Verdrängung. Ich lenke mich ab und denke.

Es braucht keinen samen, dieser welt entwächst ein neues geschlecht,
und wir sehen dabei zu. Aus dem erdreich heben sich neue gestalten, das joch
abgelegt, bestimmt zu sein, etwas bestimmtes zu sein. Kein zauber, keine magie,
kein hexenwerk, alle wörter der scham verdamme, nein, verfluche ich.

Wie lethe brauche ich keinen saft, um wörter zu vergessen.

111 - 158: medea.

III.

In einem jahr, stürmischer als alle, die mir erinnerlich, einen hafen angesteuert, einen hafen erreicht. Ein sicherer? Ich weiß es nicht. Manches scheint mir vergoldet, voller licht, und dann doch wieder mitternächtliches schweigen, überströmt von den gedanken an andere gestade.

Die anfänglichen zweifel: zurück zur quelle, den wolken nach, das hexenlied vergessen, tote namen, die mir aus ihren gräbern entgegensteigen. Und hinter all dem der feueratem des stieres, mich verfolgend. Ich will ihn sehen können, ohne mich in ihm zu erkennen. Drachensöhne, brüderkriege, verfolger wie wächter, euch allen möchte ich entgehen.

Am neunten tag unter neuem wappen, neuem namen, kehre ich heim und mir ist, als legte ich ein schuppenkleid ab. Alles scheint mir klar, der wein, die warme milch, nichts trübt die sprüche andrer mehr. Ich weiß, wer ich bin, und zum ersten mal vergesse ich es nicht, dieses wer ich bin.

159 - 240: medea.

IV.

Mit flatternden haaren, länger waren sie nie, tanze ich bis zur kraftlosigkeit des leibes im kreise, im kleinsten, nämlich alleine. Begrenzt nur durch vier wände, wären sie nicht, würde ich ganze erden im tanze umrunden. Jedes lied ist mir ein zauberlied, jeder ton eine zerstreuung vor der nächsten.

Dass dieser freudig taumel kein ewiger sein kann, weiß ich, da selbst bacchus von der endlichkeit aller festlichkeit weiß. Erschöpft schrumpfen mir die abendstunden, ich entschlummere in einen dämmer, der hinterlistig durchstoben wird von gezückten dolchen. Töne, die nicht mir gehören, die ich aber nicht anders kann als zu hören.

Wenn sie, wenn ihr, hinter mir seid, wünsche ich mir medeas geflügelten drachen. Dann würde ich über die lüfte entfliehen. Was ich von dort oben wohl überblicken könnte? Verwandlungen wohl, landstriche, die alle von menschenhand gezeichnet sind. Oh, mir schwant, ja schwant bei kyknos, ich würde mich vom drachen stürzen.

241 - 404: medea & pelias.

V.

Fallen würde ich, und wie immer, wenn ich falle, nicht anders können, als an phaeton zu denken. Für den vater ein fremdling, er wie ich. Könnte er es mir verleiden, die gesicherten gestade verlassen, die abschüssigen pfade betreten zu haben? Ich sehe stählerne ketten, des kerberos verdrehte augen, und höre gebell aus dreifachen kehlen.

Das stierzeichen hängt mir im nacken, drückt darnieder die wipfel meiner traumwälder. In jede lust, sich mitzuteilen, drängt sich bekümmernis. Schlaff ist alles und schwach in mir, trocken von innerem brand die haut. Gerötet entflammt mir dir erkenntnis: wir wagen die tempel der erzeuger nicht niederzureißen, weil wir sie miterbaut haben.

Wie soll ich es bloß sagen?

Mein sein, ein irrtum, und ein wort nur, es aufzuklären.

Wie, wie soll ich ihm meinen namen nennen?

405 - 865: theseus, aegina & cephalus, phokos & procris

BUCH.acht

I.

Ist es verrat am vater, den namen abzulegen, ihn herauszureißen wie nisos' haar, an der wurzel einer herkunft, die ich teile, aber nicht länger teilen möchte. Aber was überlege ich noch, ich habe es schon getan, zurückgelassen vater wie heimatland. Alle lande liegen hinter und nur die meere vor mir.

Ein erinnern in die zukunft: ich sehne mich nach meinem vater, aber meer
umgibt mich, der himmel einzig mir noch offen. Als kind spielte ich mit dingen,
die ihm alle gefährlich schienen, hatte er doch schon zwei kinder verloren.
Nicht zu tief hinab, nicht zu hoch hinaus, das wurde mir beigebracht,
ohne dass es wörter gebraucht hätte.

Er küsst zum letzten mal seinen sohn, ich hätte ihm gerne gesagt, es sei das letzte mal. Ich legte den weg meines vaters ab, strebte zur sonne und nach höheren bahnen. Mir erweichte alles, zuletzt das geschlecht, ich verlor es, fand mich in wellen wieder, die federn meiner aufmachung verstreut. Mein vater ruft mich, aber ich höre es nicht, ruft er doch einen namen, der nicht mehr der meine ist.

1 - 216: nissus & scylla, minotaurus, dädalus & ikarus.

II.

Vögel, die einst als menschen stürzten, fürchten als vögel die höhe. Sie nisten in sträuchern, meiden die wipfel und flattern höchstens in bodennähe. Und ich traue keinen augen mehr, wenn ich da lese: kaineus, der schon kein mädchen mehr war. Oder: der nicht mehr weibliche kaineus. So lang her und doch in aller zeitlichkeit mir nah.

Flüchten der glücklichen eintracht, unermüdlich trotzen dem schamgefühl. Zerstampfen den forst, den blinkenden eisenspitzen entgegen, ausweichend den seitenhieben, anstürmend das ungestüme ungetüm, darnieder, hinab, hieben, stechen, reißen, und jeder angreifer zerrissen. Wie atalante einst mit pfeil und bogen zwei vergewaltiger zerschoss.

Kaineus und atalante waren teil der gruppe, die auf den wildernden rieseneber der diana jagd machte. Kaineus, einst als kainis von neptun vergewaltigt, wünschte sich vom täter, in einen unverwundbaren, hässlichen mann verwandelt zu sein, ihm die scheinbar einzige möglichkeit.

217 - 310: atalante & kainis.

III.

Atalante, ein gesicht, beschrieben als das mädchengesicht eines jungen oder das jungengesicht eines mädchens. Sie traf und verwundete als erste den eber mit einem geschoss, ihrem bogen enteilt. Dass ausgerechnet eine frau das erste blut vergießt, ertragen die männer nur schwerlich, wie schon die anwesenheit von atalante selbst.

So ist es ankaios, der, die doppelaxt feierlich schwingend, auf den eber zustürmt.
Dabei ruft er: seht, wie die weiblichen den männlichen waffen unterlegen sind.
Durchbohrt findet er sich, mitsamt seinen gedärmen am blutgetränkten boden
wieder. Unterlegen den männlichen waffen des ebers.

Noch zwei männer sterben, weil sie den ruhm, den anteil einer frau daran, nicht ertragen. Unter helden kann es keine heldinnen geben. Die asche erzählt andere geschichten, als wir es tun, und so schichten wir scheit für scheit in den ofen. Und das in einem april, der unerbittlich kalt ist, all seinen namen und sprüchen gerecht wird.

311 - 546: atalante, eber & althaea.

IV.

Unter dem getöse des stromes ufere ich aus. Unmöglich ist es, all diese geschichten zu fassen. Es sind begegnungen, begegnungen, die uns fehlen. Wir sind reisende ohne ziele in diesen tagen, in der zurückgeworfenheit der verlust des selbst in der verwandlung einer zeit, die wir gar nicht verstehen können, weil sie unsere begriffe übersteigt. So fordern wir neue begriffe, die neues fassen mögen, nie benanntes wie unbekanntes.

Warum haben wir so wenige worte und kennen nur eines für gewalt, mir ist gewaltig übel, wenn ich daran denke, wie all dies zusammenfällt. In hände, denen ich nicht anvertraut sein möchte, welch prinzip liegt dem zugrunde und warum erscheint mir der nachtmahr, wenn ich mich dessen entsinne. Ich möchte gehalten sein, ich möchte andere körper gehalten wissen. Ihn, den körper, gut nennen. Sie, die verwandlung des körpers, gut nennen.

Mir wurden mehr formen des todes als jene des lebens gelernt. Sei böse, sage ich nicht, aber sei böse mit denen, die uns unsere körper fürchten lehren. Mir sind alle länder verschlossen, wie ich mir weder zuflucht noch der schoß, den ich seit jeher suche. Wir können uns unsere form weder nehmen, noch geben, meint acheloos.

Ich schimpfe ihn ahnungslos, da ich von niedrigen mauern weiß, die überstiegen sein wollen. Die form habe ich mir genommen, um sie in folge auflösen zu können. Nichts anderes lag mir je im sinn und so verweigere ich mich jeder rückverwandlung, halte inne und beschaue die herrschenden zweifel mit neugier.

547 - 724: philemon & baucis.

V.

Manche finden sich nur dieses eine mal verwandelt, andere viele male, und erstmals denke ich verwandlung als mögliche form des seins. Wie mestra stehe ich am ufer, die zehen in den kies gegraben, und entgegne allen, die mir begegnen: ich versichere dir, dass schon seit geraumer zeit hier kein mann, keine frau mehr stand.

Doch was verweile ich hier?

Die zahl meiner gestalten ist unbegrenzt, ich mache mich auf, als schlange, als stier und stute, als käfer wie elster, und ich könnte mehr noch auflisten, allein ich will nicht vorausdenken, welche verwandlungen mir noch bevorstehen.
Erst seufze ich, dann jauchze ich vor freude.

725 - 884: fames & mestra.

BUCH.neun

I.

Geschlecht ist zur bürde, und das herz verweigert. Damm, und doch durchströmt, finde ich mich darauf gestützt und bedroht durch eigene schwere. Es schüttelt und schaudert mir. Noch halte ich zurück, die steine zu rühren, die ich beschworen habe. Frei war ich, doch dachte ich dies in ihren worten: frei bist du, frei bin ich.

Die gestalt ist der vorigen ungleich.

Ich ziehe ringsum myrtengebüsche, klammere mich noch an den verlorenen körper, weiß die sprüche nicht, um die rinde zu lösen, mich von den letzten zweigen, die mich halten, zu entlauben.

1 - 393: deïaneira, alkmene & dyrope.

II.

Ehe ich kummern kann, kümmern mich nach langer zeit wieder die weltlichen ereignisse. Immer noch beschauen wir eigene schatten. Die gründe dafür sind uns entzogen, wir tun pflicht und üben sie. Die zukunftswissenden, lauten ihre verworrenen reden, glauben sich der heimat und des verstandes beraubt.

Schlummer, schweigen und schlaf. Sich wiederholende tage,
sich wiederholende nachrichten aus sich wiederholenden tagen.

Sie werden lauter. Vergelt's göttin, sie sehen das geld verdorben, die welt oben darauf. Besorgnis, und das neue jahr bringt keine erneuerung. Der aufruhr lärmt, und ich höre die sätze nicht mehr, bloß noch lärm, lärm, der mir von furcht erzählt, aber mehr noch von erschöpfung.

394 - 453: callirhoes soehne.

III.

Was haben träume für wert?

Ob träume wirklichen wert haben?

Den wandel des namens nach menschlichen gesetzen vollzogen, ergreife ich im wechsel das blatt, lege es weg, ergreife es wieder. Ich schreibe, ich spreche und verwerfe geschriebenes wie gesprochenes. Zwei jahre will ich es meinem vater sagen und jedes mal erbricht mir die zunge, wenn ich von namen, unziemlicher liebe und anderen dingen zu ihm sprechen möchte.

454 - 567: byblis.

IV.

Das wogende weltenmeer deckt mich versunkene*n zu und kein segel brächte mich jetzt noch zurück.

Tränen habe ich gesehen und liebende züge.

Tropfend wie klebendes pech, quillt aus geschnittener rinde dieses schwankende herz, das ich mein nenne.

568 - 665: byblis.

V.

Ich schwanke. Ich hatte mich auf diese geschichte gefreut, nun freue ich mich nicht mehr: ein knabe sollte iphis sein, denn das andere geschlecht sei zur bürde und der vater hätte sie getötet, wenn sie ein mädchen gewesen wäre. Den namen iphis gewählt, weil im zweifel lassend. Zur tarnung reicht kleidung allein, das gesicht schön und wie der name ohne rückschluss auf ein geschlecht.

Versprochen wird iphis die ianthe, gleich an alter und gestalt. Sie liebt sie.
Nie treibt liebe die kuh zur kuh, nie die stute zur stute, unter sämtlichen tieren ist
kein weibchen von der brunst nach anderen weibchen ergriffen.
Das wurde iphis gelehrt.

Geleert. Um sich greifend, ergreift beide die glut. Trachte nach dem möglichen,
hoffnung allein erhält die liebe. Der schritt größer, als es götter vermögen.
Vom versprechen der göttin isis getragen, wird aus iphis iphis, ein mann,
der ianthe heiratet, und die göttinnen erscheinen zum fest.

666 - 796: iphis.

VI.

Ich bleibe mit der frage zurück:

War iphis mann oder frau?

Ein mann, bei geburt dem weiblichen geschlecht
zugewiesen, zum mann geworden.

Eine frau, die vorgab ein mann zu sein,
um eine andere frau lieben zu können.

Ich bleibe mit der frage zurück.

Schwanke. Was hält mich?

797: iphis.

BUCH.zehn

I.

Gekürzt das blühende jahr durch einen dreifachen tod. Schrecklicher als sein anfang es war.

Die saiten gespielt von freudlosen schatten. Jeder schritt verzögert und der wunsch, die tränen abschlagen zu können. Es nicht können.

Getrocknetes blut. Die scheidenden grüße bleiben ungehört.

1 - 105: euridyke.

II.

Ich nahm mir vor, zu sterben.

Name, geschlecht und die leiden der welt schienen mir ferner, als ich mich entsinnen konnte. Nichts zu nehmen, weder leicht noch schwer, tragend den verwandelten körper, behangen von ständigen tränen.

Wenn trauer die mitte der welt einnimmt, sinkt die leere mit all ihrer gewalt auf jede nacht herab.

106 - 189: cyparissus, ganymedes & hyacinthus.

III.

Geknickte lilien, erdwärts die krone, sich selbst zur last.

Du bist schmerz und vergehen, liebe. Liebe und die schmerzen werden vergehen.

Ich nenne meine liebe und binde sie an eure namen, die ihr gegangen seid.

Binde sie wie die blumen, die eure namen tragen, so wie phoibos sein weh auf
die blätter der hyazinthe schrieb, schreibe ich meines auf diese hier.

190 - 216: hyacinthus. für bruno, malina und arvo.

IV.

Räumt die städte, heißt es, heiß ist es, hieße es. Was haben unsere städte verschuldet, fragt manche*r. Nichts. Sie werden stein, sie werden wüste, weil die menschen nicht zu stein werden können. Erst später, sehr viel später, würden sie es besser wissen.

Zahlreich gab die natur. Zahlreich wird sie nehmen.

Verletzt der sohn, die mutter. Der vater, die tochter. Verletzungen. Meidungen. Sei gegen die flüchtigen. Sei streitbar. Sei ohne gefahr. Sei grimm, sei erdrückende wucht. Rühre keine augen, keine herzen mehr. Hinmordend die natur, gerichtet die tatzen, das geweih, und tiefer gedrungen war die wund, als es mir erst schien.

217 - 559: cerastae, myrrha & venus.

V.

Atalante, die als erste den eber traf, die zwei vergewaltiger zerschoss, deren ruhm die männer nicht ertragen konnten, war die schnellste von allen. Nicht zu gewinnen, nur zu besiegen. Laufend, im wettlauf zu bezwingen, bei niederlage den tod bringend. Wie mag einer so eine mit solch einer gefahr erstreben? Fragte hippomenes und erstrebte atalante, sobald er sie das erste mal erblickte.

Der tod aller bewerber ist ihm keine warnung, neptun, sein ahn, wähnt sich gewappnet. Gar will sie selbst ihn nun von seinem vorhaben abbringen, aber er gibt sich gewiss, zu siegen. Und doch fleht er bei göttinnen um beistand, erhält von venus drei äpfel, die ihm vorteil sein sollen.

Allein schätzt atalante von allen früchten die äpfel am geringsten und hippomenes gehen luft wie äpfel aus. Mit dem letzten der drei äpfel fällt auch hippomenes zu grund, liegend versteht er sein schicksal, will sich erklären, das missliche verständnis klären. Sie sollte doch sein kampfpreis werden, er mit seinem schönen antlitz und der göttlichen abstammung sie ehelichen. Vier pfeile zog atalante aus ihrem köcher, einen für jeden apfel und den letzten für ihren versehrer.

560 - 739: atalante.

BUCH.elf

I.

Verächter der frauen. Orpheus, der narr. Auf dem sandigen platz der frühe, zur gestemmten stunde im runden theater. Der wut fehlen keine waffen. Die mänaden erheben schollen, den bäumen entrissene zweige und laubumwundene stäbe. Die letzten töne münden und versiegen, sobald sie in des sängers munde.

In den wind verhauchte seele.

An alle verächter der frauen sei gebracht dies zu kunde.

1 - 84: mänaden.

II.

Das allein genügt nicht. Weder gold noch geld reichen zur fülle, denn keines der beiden rinnt die kehle herab. Leidig ist die plage. Münzen, männer, männer wie midas. Das elend glänzt, darum begehren wir es.

Wir glauben, es lässt sich in alles verwandeln, am ende verwandelt es nur uns selbst, das gold.

Den verstand träge machend, töricht den doppelten senkungen folgend, suchen wir in allem den wettstreit. Suchen immer das mehr. Die wortbrüchigen mauern wegreißend deckt die meeresflut uns zu.

85 - 220: hesione.

III.

Von schlummer bestrickt … gewöhnliche list … die gestalt vielfältig … binde sie … zwinge sie … schleunig mit stricken … haltende fesseln … mag sie heucheln … mag sie heulen … früheres wesen … sie ruht … schwer lastend … hättest du dich nicht gewandt … dich nicht gewunden … erst vogel … dann baum … zuletzt tigerin …

Hättest du peleus nicht mit deinen krallen zerfetzt … seine geweide nicht auseinandergezogen … hätte er dich vergewaltigt … hätte er dich geheiratet … hättest du achilles geboren … wäre troja gefallen und so vieles mehr …

Thetis.

221 - 265: thetis.

IV.

Vormals war er ein mann …

… jenem erzeuger entstammt …

der, ein gewandelter nun …

die, eine gewandelte nun …

allen und allem entflohen …

266 - 345: chione.

V.

… an die vom blut rote küste. Manche*r von uns sinkt, andere schwimmen, den hals hoch über die wellen gehalten. Zwei leben in einem erhalten. Wer würde nicht? Warum tun wir es nicht? Das herz ahnt die gründe, weigert sich, sie zu ergründen. Wir tragen gemeinsam, aber nur jede*r sich allein.

Ich blicke auf und versuche kommende lüfte zu fangen, mit einem segel aus worten gespannt. Ein wink, ein winken in die ferne und ferne tage. Fern wie die beiden gestade, keines noch zugänglich, von schaum und gischt überzogen, liegen sie dort und winken mir zurück, als befänden wir uns im gleichen gewässer.

Ich lese nur von mauern, wällen und verteidigungen. Städte, befestigt, und nichts befestigt in mir, alles lose baumelnd. Kein wunder, dass ständig fluten wogen, alles niederreißen. Gegen das, was uns bevorsteht, helfen keine dämme, keine mauern oder wälle. Die vagen verteidigungslinien sind zu verwischen, wo wir sie finden.

346 - 795: alkyone & thetis.

BUCH.zwölf

I.

Stets drängt sich, kommend und gehend, wahres mit falschem gemengt, durch diesen äther. Unstet wälzen die verworrenen worte durch müßige ohren. Das erzählte wird umhergetragen, erwächst mit jeder erdichtung zu noch größerem gezisch. Ringsum im weltenkreis forschend suchen wir nach den wahrheiten, die wir nicht mehr im himmel zu finden glauben.

Auch trojas küste gerötet, die mittelmeerlande traf es vor allen anderen.

Die nacht schwimmt mir vor dem gesicht. Ich sperre luft und atem, gewandelt ist der leib ein anstrengend geführter kampf. Draußen glüht es, innen brenne ich und suche den stoff, der diesem feuer ständige nahrung ist. Stumpf ist das eisen, mit dem ich versuche, all dies aus mir herauszutrennen.

1 - 168: helena.

II.

»Was an dem mann noch erstaunlicher war als seine gabe, war, dass er eine frau gewesen war.«

»Lieblich und anmutreich war kainis, doch zu keiner verbindung mochte sich kainis verstehen. Und wandelnd am einsamen strand erlitt sie gewalt vom gott der flut. Darauf sicherte er ihr zu: wähle, was du begehrst.«

»Mich lässt das erlittene großes begehren. Dass ich für immer bewahrt davor.
Gib, dass ich keine frau sei: alles gewährst du mir dann.«

169 - 209: kaineus.

III.

Die gewalt weilt lange. Verse um verse, die von gewalt um der gewalt willen zeugen.

Lieber erträume ich mir wolkengeschlechter. Gewirr und gewühl sollen sie sein,
im rausch verdoppelt, verdreifacht, vervierfacht.

Ich wende mich ab. Mit dem leibe zugleich wird das herz mir kalt.
Mir fehlen die worte, all dies zu fassen.

210 - 499: hippodameia.

IV.

•

»Kaum ein mann, doch, freilich ein mann, wir aber in schlaffheit
sind, was der einst war. Was nützen die riesigen glieder,
was zwiefältige kraft? Was nützt, dass doppeltes wesen
einig verbindet in uns die stärksten geschöpfe der erde?«

•

500 - 504: kaineus.

V.

Flucht und nacht sind mir entzogen.

Wolkengeboren möchte ich sein.

Nur wessen ich war, kann ich nicht sagen.

505 - 628: kaineus.

BUCH.dreizehn

I. - V.

Nichts, nichts vollbrachte ich am tag.

Darum kurz, wozu viele worte denn noch?

Taten geben den ausschlag. Ich habe alles erfahren, es ist nichts mehr zu erkunden mir.

Was hast du gefunden?

Ihnen gehörte die zeit des beginns, uns gehört die folge.

Was fürchtest du hier?

Gewalt.

Welche farbe ist es, die den boden tränkt?

Purpur.

Wie die blume?

Wie die blume.

Was ließest du noch zurück?

Ein haar und tränen.

Wie findest du dich?

Gelöst.

Was bleibt übrig?

Scham.

Für?

Die wunden.

Hast du sie begraben?

Die geschlechter?

Das geschlecht.

Ja.

Ein häuflein sand?

Ein häuflein sand.

Wo liegt es?

An keinem ort.

Kannst du ihn mir zeigen?

Den ort, der keiner ist?

Diesen ort möchte ich sehen.

Ich auch.

Ich stelle mir vor…

Aurora.

Lucifer.

Mnemosyne.

Lethe.

Einem vogel ähnlich.

Bald wirklich ein vogel.

Flatternd.

Zu erd.

Dann rauschend.

Zu lüften.

Das entstandene geschlecht.

Woraus?

Das ist uns nicht gegeben.

Müssen wir es?

Nicht wissen.

Was lassen wir zurück?

Das land.

Mit seinem blut.

Und gefährt*innen.

Ich habe ihn beobachtet.

Was?

Den wechsel der dinge.

Welche?

Die verlorene gestalt.
Den schoß des vaters.
Die stärke der waffe.
Das gewitter.
Die gewalt.

Was bleibt noch zu tun?

Ruhe.

Ich möchte.

Ruhen.

1 - 749: hoplonkrisis.

VI.

Nie hat mich hier winter erreicht. Nie herbstliche kirschen und niemals schatten im sommer. Keinmal rankten sich reben um meine füße.

Glaube mir kein wort.

Soweit kann ich dir noch kundtun, was sich mir begeben. Soweit weiß ich es noch. Danach löst sich alles.

750 - 968: skylla & galatea.

BUCH.vierzehn

I.

Dass sie dem menschen zugleich unähnlich und ähnlich erscheinen.

Dass ich geliebt war.

Dass ich gefallen.

1 - 153: kirke & sibylla.

II.

Dass noch atmet und spricht mein mund.

Dass himmel und sonne.

Dass einbreche.

Dass im zorn.

Dass mir.

Dass nicht weile.

Dass glückselig.

Dass ich versenkt mich wünsche.

154 - 483: canens & kirke.

III.

Schwanengestalt war's nicht.

Nymphengestalt nicht.

Vielfache gestalt war es, in jede gestalt wusste ich auf einmal mich zu begeben.

484 - 771: pomena.

IV & V.

Ich verdichte mich, wie es die letzten der fünfzehn bücher tun.
Die seiten werden weniger und zu viel bleibt noch zu erzählen.

Solcher und anderer stoff lässt dringen zur tiefe der quelle,
aus der wir diese geschichten, diese verwandlungen, schöpfen.
Keine mythen sehe ich, ich sehe menschen und ihre leben vor mir.

Als sich all diese menschen ein letztes mal vor mir erheben, finde ich mich
unweit von rom wieder.

Ich umfasse mich selbst mit mir bekannten armen, wandle mit dem gleichen
leib, meinen vormaligen namen beobachtend, wie er brennend
als stern darniedergeht zur erde, verglüht.

Nie mehr muss ich ihn schreiben.

772 - 851: hora.

BUCH.fünfzehn

I. - V.

Alles verändert sich. Weder verbleibt, wie es war, noch hält an derselben form
etwas fest. Jedes gebilde ist zum wechsel geschaffen, nichts ist von bestand,
und die weite des weltalls ist weiter als unsere vorstellung. Lasst uns weit sein.

Anders nicht als ein strom, denn strom und flüchtige stunde stehen im lauf
nie still. Woge verdrängt woge, schiebt die vorhergehende vor sich her,
die zeiten folgen sich unablässig, was war und was wird: die nacht,
aus dem meer sich hebend. Andere formen, aus anderen geschaffen,
und nichts beharrt auf dauer in dieser welt.

Was ebene war, wurde tal, und dieses tal zum berg, dieser weggeschwemmt
zur fläche, durchflossen von bächen die zu flüssen wurden, bis sie austrockneten
und in ihren betten täler hinterließen, größer, als wir sie uns vorstellen können.
Stell dir vor, was du dir alles vorstellen kannst?

Alle tage würden vergehen, wenn ich versuchte, alles in worte zu fassen, was in
neue gestalt sich begibt. Dadurch, wie man erzählt, halten wir fest, wie wir erinnern.
Selbst von städten bleibt manchmal nicht mehr zurück als ihr name.
Was bleibt von dir übrig außer deinen namen?

Möchtest du mir deine namen nennen?

1 - 879: pythagoras.

BUCH.sechzehn

I. - MMXXII.

Ich möchte dir namen nennen.

Jene namen, für die es noch keine worte gab.

Tiresias.
Sithon.
Hermaphroditus.
Athis.
Lykabas.
Kaineus.
Iphis.

Jene, die sich verwandelten, um zu überleben, zu entfliehen.

Daphne.
Syrinx.
Io.
Kallisto.
Coronis.
Nyctimene.
Europa.
Semele.
Liriope.
Medusa.

Proserpina.
Arethusa.
Asterie.
Leda.
Antiope.
Alkmene.
Danae.
Aigina.
Mnemosyne.
Kanake.
Theophane.
Erigone.
Melantho.
Isse.
Philyra.
Philomela.
Orithyia.
Kainis.
Atalante.
Mestra.
Myrrha.
Thetis.
Hippodameia.
Skylla.

Zitate:

S. 42: Gerhard Fink, *Metamorphosen* (1992)

S. 43: Gerhard Fink, *Metamorphosen* (1992)

S. 79: Erich Rösch, *Metamorphosen* (1964)
Reinhart Suchier, *Metamorphosen* (1889)

S. 81: Reinhart Suchier, *Metamorphosen* (1889)

Ich danke allen Wesen, die mich begleitet haben, ob literarisch oder emotional: Arvo, Bruno, Cihad, Jona, Malina, Michèle, Monika, Steph und viele, viele mehr.
Ich danke Josefin-Marie-Christin für das wundervolle Coverbild.
Ich danke Ralph für die wertschätzende und hingebungsvolle Begleitung meines Debüts.
Ich danke allen, die neue Worte suchen, für sich selbst, für die Welt und für alles, das noch nicht benannt ist.

Für:
Arvo
Bruno
Erika
Malina

Maë Schwinghammer (hen/they), geboren 1993 und aufgewachsen als Arbeiter*innenkind in Wien-Simmering. Die Texte drehen sich um sich selbst und um die Themen Identität, Gender und Gesellschaft. Studiert Sprachkunst als Legitimationsstrategie für missglückte Wortspiele. Schreibt neben Lyrik auch für das Theater sowie Hörspiele.

2020 ARD PiNball Hörspielpreis Shortlist als Teil des Kollektiv HALM
2021 Dramatikstipendium der Stadt Wien
2022 Burgschreiber*in der Burg Beeskow
2022 Aufenthaltsstipendium am Literarischen Colloquium Berlin